Tanymarius

Seinswaise

AF198558

Dieses Buch widme ich in ganz besonderer Weise
meinen beiden Töchtern Christina und Verena.

Tanymarius

Seinswaise

Sinnsprüche und Gedankentexte

Bibliografische Information der Deutschen Nationalbibliothek:
Die Deutsche Nationalbibliothek verzeichnet diese Publikation
in der Deutschen Nationalbibliografie; detaillierte bibliografische
Daten sind im Internet über http://dnb.dnb.de abrufbar.

Herstellung und Verlag:
BoD – Books on Demand, Norderstedt

ISBN: 978-3-7448-7095-5

Inhalt

Seinswaise

Allein zwischen Sein und Jetzt:
Leben in der Vergangenheit,
Hoffnung auf die Zukunft.
Wahrheit ist das ewig Gegenwärtige,
Glaube ihr Name.

Kurzgeschichte

Erst, dann, später, bevor.
Und zuletzt auch das noch.

Ach und Sowort

Ach so!
Wenn so,
dann eben so.
So ist sowieso
nicht so
wie Ach!

Alliteration

Wie wohl was wäre,
wenn wir wünschen würden,
was wir wiedersehen?
Es wären wir durch Dich
und das wäre schön.

Alles und nichts

Wenn alles nichts scheint,
dann ist das Wenige
viel von dem Etwas,
das alles sein kann.

Suchen und Finden

Die Hoffnung kam als Arzt. „Sie sind mir zwar lieber als die Sehnsucht, doch helfen kann mir nur das Glück oder die Liebe."
Darauf antwortete die Hoffnung: „Das Glück ist immer schon da. Man muss es nur finden. Aber die Liebe, die kann man nicht suchen."

Ende der Einsamkeit

Gedanken suchen den Grund,
Schicksal schlägt zu jeder Stund'.
Worte streben nach dem Licht,
Verstand versperrt die Sicht.
Seele flüchtet in die Nacht,
Vernunft hält verzweifelt Wacht.
Herz findet sich im Nebel,
Liebe ist des Lebens Segel.

Liebeserklärung

Du bist wie ein Vogel,
den ich – wunderbar – vor mir sehe.
Wann wird er fortfliegen?

Das Auseinandergehen

Vielleicht bin ich sehr dumm.
Egal! Es geht mir nicht darum.
Rede ich Dir nur noch nach dem Mund',
oder sorg' ich für Dich Stund' um Stund'?
Nein, es ist ein richt'ger Schritt.
Ist es auch, gehst Du nicht mit.
Kannst Du mich denn nicht verstehen?
Also, dann kann ich nur gehen.

Das teuerste Geschenk

Einst fragte ein Schüler seinen Lehrer: „Meister, was ist das teuerste Geschenk, das ich machen kann?"
Mit Bedacht antwortete dieser: „Der Wert einer Sache liegt in ihrer Bedeutung und die heißt Zeit."

Warum die Marienkäfer Punkte haben

Früher hatten die Marienkäfer noch keine Punkte. Damals sahen sie alle gleich aus. Sehr zum Leidwesen eines Männchens, das so gar nicht die Aufmerksamkeit seiner Allerliebsten auf sich lenken konnte. Darum beschloss es, die weise Eule zu fragen. Die sagte ihm nach reiflicher Überlegung: „Du musst dein Verhalten ändern, dann wird alles gut." Ja, wie denn, fragte sich der Marienkäfer, denn das hatte ihm die Eule nicht verraten. Sie hatte nur bedächtig hinzugefügt, es gäbe kein Patentrezept für ein glückliches Leben.

Kurz entschlossen flog der Marienkäfer zum Fuchs. Der war zwar nicht weise, galt aber als überaus klug – manche sagten auch gerissen. Er antwortete ohne Zögern: „Mal dir Punkte auf dein Kleid, damit du nicht mehr übersehen werden kannst." Gesagt, getan! Und der Erfolg war überwältigend.

Doch das machte alle anderen männlichen Marienkäfer sehr wütend und einige auch eifersüchtig. Wie konnte jemand aus ihrer Art sich so widernatürlich verhalten! Sie beklagten sich bei der Mutter Natur und forderten Gleichbehandlung. Die willigte ein mit der Bedingung, dass sie es nur für alle Marienkäfer dann auch in gleicher Weise tun könne.

Und so kam es, dass die Marienkäfer Punkte haben.

Vom Glück

Es war einmal ein Engel, der war traurig, weil er nicht fliegen konnte. „Sei nicht traurig", sagte der liebe Gott, „denn schließlich trägt man das Glück auf Händen und nicht auf Flügeln."

Treibstoff Liebe

Auf der Fahrt zum Ende der Welt musste ich tanken. Liebe sei der beste Treibstoff, sagte ein Engel. Er brächte einen im Nu bis dort hin und darüber hinaus. Ob er nicht mitfahren könne, fragte der Engel, denn zu zweit sei man in jedem Moment dort. Ich wollte unbedingt den Namen des Engels erfahren.

Traumwelt

Eine Wolke Gerede und Bedenken breitete sich am Himmel aus, bis sie sich in den Strahlen der Liebessonne auflöste.

Ein Glücksvogel beendete sein Schweigen und erweckte die Lebenswelt in schönster Harmonie.

Die Welt

Eine Linde war traurig, weil sie die Welt nicht kannte. Wie dumm, dachte die Hummel, wo sie doch selbst eine sei.

Urlaub vom Jetzt

Ein Augenblick mit Dir ist wie eine Reise durch die Gegenwart. Ein Urlaub vom Jetzt, wo es nirgends schöner ist.

Glücksglaube

Einmal fiel Glück vom Himmel, doch einen Menschen erreichte es nicht. Dabei hatte er es nur nicht gemerkt, denn Glück hat nicht der Gewinner, sondern der, der daran glaubt.

Drei Wünsche

Drei Wünsche trafen sich. Der eine wollte das Meiste, der andere das Beste. Und der dritte? Der wollte nur in Erfüllung gehen.

Der Sinn in Dir

Als Gott einmal über das Leben nachdachte, da wunderte er sich, dass Menschen den Sinn in Ereignissen und Zusammenhängen suchen. Dabei ist der Sinn in jedem einzelnen. Und der findet den Sinn, der sich selbst findet. Suche Dich in Dir!

Die Möwe

Du bist wie eine weiße Möwe am blauen Himmel.
„Flieg, Möwe, flieg!"

Eine kleine Geschichte

Eine Maus suchte am Ende ganz verzweifelt das Glück bei einer Katze. „Soll ich Dich etwa fressen und von deiner Not befreien?" „Nein, bloß nicht", sagte die Maus und war auf einmal sehr glücklich.

Rezept für ein sonniges Leben

Hier mein Rezept für ein sonniges Leben: Ohne Schatten siehst Du kein Licht. Freue Dich über das, was Du bist und hast, denn erst dadurch werden Deine schönsten Träume Wirklichkeit. In Wahrheit ist man sein eigener schöner Traum, wenn man nur die Augen öffnet, das zu sehen.

Der Tautropfen

Du bist wie ein Tautropfen in der Morgensonne. In Dir spiegelt sich die Schönheit des Lebens. Du spendest Leben. Was machst Du wunderbarer Tautropfen? Wie schützt Du Dich? Lass dich fallen, dann wirst Du zu einem Rinnsal der Veränderung, zu einem Fluss der Motivation und am Ende ein Meer voller Möglichkeiten.

Sonnenstrahl und Seele

Ein Sonnenstrahl blieb unsichtbar, weil er auf nichts traf, um es zum Leuchten zu bringen. Einer armen Seele ging es genauso, bis beide sich zufällig begegneten. Doch das Wunder war nicht der Zufall, sondern dass die Seele dem Sonnenstrahl die Wärme gab, um nicht zu vergehen.

Das Meiste

Von vielem ist wenig das Meiste. Selten ist Etwas mehr. Und dann noch so wie Du!

Eine kleine Schnecke

Eine kleine Schnecke war die langsamste in ihrer Klasse. Dem Hohn und Spott der anderen Tiere entgegnete sie: „Ich bin ich, aber Ihr durch mich."

Ein kleiner Vogel

Ein kleiner Vogel traute sich nicht aus dem Nest. „Flieg, schließlich bist Du ein Vogel", riefen ihm alle Vögel aufmunternd zu. „Ihr wisst nicht, wie schwer ich es habe. Ich muss mich erst entscheiden."

Du

Sei wie Du bist, wenn Du bist, was Du bist!

Abenteuer Zeit

Wir könnten die Zeit umdrehen, indem wir mit Routinen brechen. Das schaffen aber nur Wagemutige und Abenteurer.

Langeweile

Es sei so langweilig, beschwerte sich das Rehkitz bei der Eule. Das, so meinte sie, läge daran, dass der Himmel nur blau ist, wenn man ihn sieht.

Suche nach Schönheit

Auf der Suche nach der wahren Schönheit entdeckte
der Mistkäfer seine Hässlichkeit. Ob er wohl war, was
er sah, oder es nur glaubte? Erst spät erkannte er den
Unterschied zwischen sich selbst und dem Ich.

Aussichten

Das erste, was er wusste, war, dass er dachte, was er sah sei wahr. Merkwürdig nur, wie schnell die Erkenntnis dem Glauben wich, es wäre auch wirklich. Als er es endlich einsah, war es fast zu spät. Wofür? Für die Umstände oder die Ansichten? Für die Aussichten.

Das Spiegelbild

Ein Engel war unerkannt unter den Menschen. Herzensgütig, fleißig und hilfsbereit wollte er für alle nur das Beste. Bis ihm sein Spiegelbild begegnete und ihm klar wurde, dass er jemanden vergessen hatte. Und da lächelte es ihn an.

Ereignis oder Erfüllung

Die Welt ist mehr als die Summe von Ereignissen.
Sie ist Erfüllung.

Glaube und Wissen

Der Glaube ist das Tor zur Wahrheit. Das Wissen ist die Wirklichkeit der Vergangenheit. Denn nichts ist, wie es ist, aber alles, wie es scheint.

Möglichkeit und Sehnsucht

Als die Möglichkeit den Wunsch traf,
wurde sie zur Sehnsucht.

Mit Dir

Mit Dir werden Augenblick und Ewigkeit eins.
Mit Dir werden Wirklichkeit und Wunder eins.
Mit Dir ist jedes und alles eins.
Eins wie einzigartig!

Eitelkeit

Ein Tropfen sonnte sich und schimmerte in den schönsten Farben. Er gefiel sich immer mehr und sehnte sich deshalb der Sonne entgegen.

Alles

Wer alles hat, dem fehlt das Wesentliche:
der Mangel, das Gute zu erkennen.

Die Suche

Wissen Sie, wer Sie ist?"
„Aber ja! Sie ist die, die mehr ist als das und viel ist von dem und alles bei der, was ist, einzig und wahr ist: einfach wunderbar."

Glückliche Fügung

Als eine Maus vor Schreck ganz starr einer Schlange gegenüberstand, setzte sich eine Fliege auf ihre Nase, so dass sie niesen musste. Das verdutzte die Schlange derart, dass sie einen Moment ganz verdattert war, was die Maus zur Flucht nutzte. Und die Moral von der Geschichte? Manchmal ist eine lästige Begegnung eine glückliche Fügung. Oder aus Sicht der Fliege: Arglosigkeit und Unbekümmertheit können helfen.

Tanz der Schmetterlinge

Einen weisen Rabbiner fragte einst sein Schüler: „Was ist, wenn zwei Menschen sich lieben, aber nicht dauerhaft zusammenfinden?" „Es ist wie der Flug zweier Schmetterlinge. Sieh nur, wie sie sich umspielen, auf und ab tanzen! Aber hast Du sie schon einmal nebeneinander sitzen gesehen? Wer die Schönheit ihres Fluges begreift, der sucht nicht nach Erklärungen."

Traum – Wunder – Leben

Ein Wort kann ein Traum,
zwei Worte können ein Wunder
und drei Worte ein Leben sein.

Selbstsuche

Eine Frau war einmal auf der Suche nach sich selbst, doch überall bekam sie andere Antworten. Sie solle auf ihren Körper achten, ihren Geist mit neuen Eindrücken erfrischen oder der Seele Ruhe vom Alltag gönnen. Sie war ratlos. Bis ein Vogel vor ihrem Fenster sang und sie sich, alle Muskeln angespannt, ganz ruhig verhielt. Da wusste sie die Antwort.

Tränen der Trauer

Zwei Tränen der Trauer wurden vergossen. Die eine floss und fiel. Die andere trocknete. Und die Moral von der Geschichte? Schicksal ist ein Fluss der Zeit. Hoffnung ist das Salz des Lebens.

Zeit und Welt

Eine Schnecke sah die Welt mit ihren Augen. Langsam kroch sie auf ihrem Weg und sah das Leben im Zeitraffer an sich vorbeiziehen. Wie gut, seufzte sie, dass ich die Zeit habe, die ich brauche. Nur der Gedanke, von ihr genug, aber zu wenig für die Welt zu haben, störte sie.

Selbstwunsch

Marienkäfer können so viele Wünsche erfüllen, wie sie Punkte haben. Das machte einen von ihnen, der sonderbarer Weise nie welche hatte, ganz traurig. „Sei nicht traurig", meinte ein Artgenosse mit besonders vielen. „Ein Wunsch, den man für sich hat, wiegt jeden Mangel auf." Das brachte den Marienkäfer auf die Idee, sich einfach selbst Punkte auf die Flügel zu malen.

Das Maß für die Liebe

Ein Vogel hatte das Maß für die Liebe verloren und flog zum Albatros, der für seine lebenslange Liebe bekannt war. „Was kann ich nur tun?" „Nicht viel", antwortete der Albatros und fügte hinzu: „Wenn du den Wind spürst, dann breite die Flügel aus und segle über das Meer!" „Aber wann ist der Wind günstig?" „Nie, es sei denn, du hörst sein Rufen."

Ode an die Liebe

Oh, welch' Zauber Du verströmst -
strahlende Seele, innerlich,
leuchtender Augen Zeugnis.

Oh, wie in Einklangs Pracht,
bei Dir Körper, Geist und Seele
sehnsüchtig höherem Glücke zustreben.

Mögen sie es finden in mir,
und ich ihrer wahrhaft werden!
So soll unsere Liebe sich bewähren.

Wahrheit

Wie viele Worte braucht Wahrheit? Die Eule dachte lange über eine Antwort nach. Als eine Blume im ersten Sonnenlicht ihren Blütenkelch öffnete, wusste sie, dass alle Worte aller Sprachen nicht ausreichen, sie zu beschreiben. Denn wahr ist allein das Mögliche zwischen zwei Zuständen.

Sonett

Oh, wie ist das Leben,
Wenn's der Augenblick erfährt,
Und der Eindruck es gewährt,
Doch ein Nehmen und ein Geben.

Gleich, was mache Stund',
In der nicht allzu viel geschehen,
In der die Zeit nicht wollte gehen,
An Langweil' tat kund.

Deshalb genieße ich das Hier,
Verliere keine Zeit
Und rufe Dir gleich zu:

Das Leben schenkt mit Dir
Mir die Gelegenheit,
Eins zu sein im Ich und Du.

Der gerade Weg

Einsam und schnurgerade zog sich die Straße in der Ebene bis zum Horizont. Was sollte sie tun? Wie sollte sie ihren Weg gehen? Ein alter Mann gab ihr folgenden Rat: „Gehen Sie ein Stück ganz rechts und dann vielleicht ganz links. Laufen Sie in Schlangenlinien um die Mittelstreifen. Hüpfen Sie von einer Seite auf die andere. Denn jeder weiß, dass der gerade Weg nicht der kurze ist."

Für meine Mädels

Zeit, das weiß ich durch Euch,
ist eine Weile ohne Dauer.
Ein Jetzt bis Gleich ohne jedes Maß,
ein Vorhin bis Eben ohne Spanne.
Zeit ist dann,
wenn der Augenblick zum Moment wird.

Ein Herz und eine Seele

Einmal war meine Seele per Anhalter unterwegs und hielt ihren Daumen raus in der Hoffnung, mitgenommen zu werden. Doch keiner hielt an. Zu Fuß machte sie sich auf den Weg und traf Dein Herz voll Trauer. Beide setzten sich auf eine Bank und redeten sehr lange miteinander. Und so kam es, dass man heute sagt, dass zwei, die sich lieben, ein Herz und eine Seele sind.

Wert des Lebens

Als das Leben entscheiden sollte, was es wert sei, zögerte es mit der Antwort. Alles, erschien ihm maßlos. Nichts, war undenkbar. Dann war die Antwort auf einmal ganz einfach: die Liebe.

Über Liebe

Was man liebt und herzt,
das ist wirklich kein Scherz,
sollte man hegen und pflegen
und danach streben,
jeden Tag aufs Neue
sich der Liebe Treue
von Herzen zu schenken
und das Geschick dahin zu lenken,
wo das Glück zu Hause ist.

Das Leben leben

Das Leben leben heißt,
die Veränderung zu begreifen als Augenblick.

Das Rätsel der Liebe

Leise, ganz leise, geht ein Wort auf die Reise.
Erst irrt es hier, dann irrt es dort.
Bis endlich lang ersehen,
es jemand scheint zu verstehen.
Was es heißt und uns sagt,
das ist das, wonach man fragt.
Es ist ein Begriff und ein Name,
ein Zeichen und wie ein Same.
Es ist hier und allerorten
das Wort aller Worten.
Es zu kennen und zu wissen,
heißt, es zu erfahren und zu missen.
Denn es ist wie ein Wunder,
je unerklärlicher je bunter.
Es ist Liebe.

Das Kind

Der Wunsch ist der Vater der Sehnsucht,
die Hoffnung die Mutter der Zuversicht.
Glück heißt das Kind.

Gedanken

Gedanken voller Farbenpracht bringen bunte Träume.
Gedanken voller Licht bringen leuchtende Träume.
Gedanken voller Lachen bringen fröhliche Träume.

Nimm alle Farben Deines Herzens,
das Licht Deiner Seele
und das Lachen Deines Gemüts
und Deine Gedanken werden träumen
und alles um Dich herum
wird ein großes Geschenk sein.

Reflexion über Zeit

Die Maßeinheit für Bewusstsein ist Zeit.

Wenn ich mir vollumfänglich bewusst bin,
dann habe ich alle Zeit.

Wenn ich mir nicht bewusst bin,
dann habe ich keine Zeit.

Ein abwechslungsreiches Leben
mit zahlreichen Eindrücken bedeutet viel Zeit.

Die Relativität der Zeit
ist eine Frage des Bewusstseins.

Reflexion über Raum

Die Maßeinheit für Identität ist Raum.

Meine Identität ergibt sich
aus dem Bezug zu Objekten.

Je schärfer die Trennung,
desto größer die Identität.

Die Trennung geht
mit der Erkenntnis einher.

Ohne Trennung gibt es
keinen Raum und keine Identität.

Regen und Sonne

Einmal regnete es wochenlang ohne Unterbrechung. Alle fragten sich, wann es wohl aufhöre, bis ein Mensch die Sonne in seinem Herzen entdeckte.

Zufall und Schicksal

Ich warf einen Stein ins Wasser, doch er schlug keine Wellen. Dann schaute ich zum Horizont. Wind kam auf und brachte das Wasser in Bewegung. Hätte ich nicht zum Horizont geschaut, wäre dann Wind aufgekommen?

Nachtfalter

Eine Motte schlug bei strahlendem Sonnenschein die
Augen auf. Das Licht schmerzte und sie konnte nichts
sehen. Schade, dachte sie, denn für einen Moment hatte sie geglaubt, sei sei ein Schmetterling. Das stimmt.

Denkbarkeit

Einer Hummel war es egal, dass die Menschen meinten, sie dürfe eigentlich gar nicht fliegen können. Sie flog einfach los.

Ein schöner Tag

Ein schöner Tag ist wie ein Schmetterling. Ein biss-
chen unruhig flattert er auf und ab. Wenn er sich aber
einen Moment auf eine Blüte setzt und die Flügel aus-
breitet, zeigt sich seine ganze Farbenpracht.
Entdecke die Augenblicke, genieße die Momente, und
der Tag ist schön!

Ein Blick aufs Meer

Ein Blick aufs Meer offenbart, wie es in einem aussieht. Manchmal sieht man die Wellen, manchmal den Horizont.
Wenn deine Träume Möwen sind, dann lass sie nicht am Strand sitzen, sondern lass sie fliegen.

Verstehen

Ein Beo taugte nicht zum Dolmetscher. Ein Chamäleon konnte auch nicht helfen. Als guter Rat teuer war, weil weder Nachahmung noch Anpassung zum Verstehen reichten, wurde aus einer Raupe ein Schmetterling.

Zeitgewinn

Es gibt nicht die Zeit, etwas zu tun,
sondern die Tat macht die Zeit.

Wer wartet, dem fehlt die Zeit.
Wer etwas tut, der gewinnt sie.

Der Esel

Dem Esel fehlte das Talent zu einfachen Entscheidungen. Tag für Tag trug er die Lasten den Berg hinauf. Bis er stur blieb und dadurch Schlimmeres verhinderte.

Wunschlosigkeit

Drei Wünsche flogen um die Welt auf der Suche nach bedürftigen Menschen. Doch immer gab es jemanden, der noch bedürftiger erschien. Sie konnten am Ende trotz intensivster Suche die wahren Bedürftigen nicht finden, weil das die wunschlos Glücklichen waren.

Paradoxon

Wohl wissend, wenn was wohl passiert?
Wie, wenn wir wie sind?
Was wären wir dann?
Wissen wir das?
Wohl nicht!
Gut.

Wortreise

Ein Wort ging auf Reisen, nachdem es aus dem Mund eines Menschen entwichen war. Ohne Ziel flog es von einem Ohr zum nächsten, fand aber keines, wo es bleiben wollte. Bis ein Mensch es für sich hörte und es zu seinem Besitzer zurückbrachte. Und das Wort? Es war Liebe.

Sieben Wunder

Sieben Wunder hat die Welt.
Ich habe sie selbst nie gezählt.
Doch wäre sie an mir die Wahl,
wären's sicher acht an der Zahl.

Sind denn Sieben einzig und groß,
ist doch das Eine klein und bloß
das, was mir ein wahres Wunder ist:
Du, nur Du, wenn Du ganz bei mir bist.

Ausweg

Bei all' der Trauer, bei all' der Niedergeschlagenheit und Mattigkeit: Hadere nicht, sondern bewahre Dir Deine Träume, oder, was noch besser ist, lebe Deinen Traum! Du wirst sehen: Trauer weicht Dankbarkeit, Niedergeschlagenheit weicht Hoffnung und Mattigkeit weicht Frohsinn. So wird Deine Seele strahlen und Geist und Körper werden gesund. Habe den Mut, ja zu sagen zu einem selbstbestimmten Leben! Und tu' es jetzt und dann in jeder Sekunde – immer wieder.

Die Kunst zu leben

Einen weisen Rabbiner fragte einmal sein Schüler: „Meister, ich bin so unglücklich! Viele Dinge, die ein anderer sich wie selbstverständlich zu eigen macht, gleiten mir schon aus der Hand, bevor ich sie überhaupt richtig ergriffen habe."

„Mein Sohn", sagte der Rabbiner, „es ist leicht, einen Vogel zu fangen, sich aber an seinem Flug zu erfreuen ist schwer."

Erfahrung

Schnell gleitet dem Klugen das Wort aus dem Munde,
allein der Weise fügt zum Wort die Tat.

Bedeutung

Der Wert einer Sache liegt nicht in dem, was sie einem bedeutet, sondern in dem, was man ihr bedeutet.

Freundschaft

Ein sehr reicher Kaufmann hatte recht, als er sagte, er habe nur Freunde, solange er gebe, weil es ihn selbst für sich nicht gab.

Vom Glücklichsein

Das Glücklichsein ist ein sonderbarer Zustand. Er be-
ansprucht eine Ewigkeit – es ist jedoch ein Augenblick. Der Unterschied bestimmt den Menschen.

Liebesbrief

Ich möchte dort sein,
wo Du bist,
wenn Du sein möchtest,
wie ich gern' wäre.

Einsamkeit

Nicht allein zu sein, sondern nicht verstanden zu werden, macht einsam.

Offenbarung

jetzt, war ich
jetzt ist Gott

Axiom

Eins und ein ist zwei.
Das ist wichtig.
Ist nicht einerlei,
ist nicht richtig,
wenn eins ist.

Das neue Leben

Er verstand die Welt nicht mehr. So kam es ihm vor, denn eigentlich war es nur seine, ihm fremd gewordene Welt, die sein Leben beschrieb.
Was für ein Leben? Sein Leben konnte es nicht gewesen sein, denn dann hätte er die Entfremdung früher bemerken müssen. Zumindest erschien ihm diese Schlussfolgerung plausibel. Aber was wenn nicht?

Bezüge zu konstruieren, die Verhältnisse und Verhältnismäßigkeiten zu beschreiben, ihnen eine Ordnung zu geben, kennzeichneten seinen Verstand bis die Erklärung selbst keinen Sinn machte. Denn die Darlegungen eine fremd gewordenen Welt waren wir Offenbarungen des eigenen Identitätsverlustes.

Es waren die Erklärungen anderer, die – auch wenn sie richtig erschienen – nicht halfen, der eigenen Sinnlosigkeit zu begegnen. Ihre Zustimmung, ihr Verständnis beschrieb nur ihr Verhältnis zum Objektiven und sagte nichts über die eigene Bedeutung.

Das neue Leben *(Fortsetzung)*

Aber wie sollte er diesen Konflikt lösen? Schließlich war er auf die Außenwelt angewiesen. Er strebte nach Bestätigung des eigenen Denkens und Handelns. Er hatte sie immer gesucht, doch vergeblich! Was er schließlich fand war das Gegenteil. Es waren Zufall und Beliebigkeit, die seine Ordnung durcheinander gebracht und in ein Chaos verwandelt hatten. Zumindest glaubte er das.

Auf einmal begriff er, was passiert war. Er hatte nicht mehr die Kraft gehabt, die Distanz zum Geschehen zu wahren. Er war ohnmächtig geworden angesichts immer neuer Anforderungen und Erwartungen, die über ihn herein brachen. Er war es, weil sein Verstand auf einmal keine Erklärung fand. Zu schnell sah er sich mit vermeintlichen Notwendigkeiten und Sachzwängen konfrontiert. Das Geschehen hatte die Zeit beschleunigt. Die Tage, Wochen und Monate waren wie im Flug vergangen.

Das neue Leben *(Fortsetzung)*

Nein, jetzt wurde es ihm klar: Die Zeit hatte ihn gleichsam als Woge mitgerissen und schließlich an den Strand des Lebens gespült. Und auf einmal gab es sie nicht mehr. Und das war das Befremdliche. Die Zeit spielte in dem Moment keine Rolle mehr, als er sich seiner Gegenwart bewusst wurde.

Es war der Augenblick, als sein Leben neu begann.

Wege zum gemeinsamen Glück

Wie jeder Pfad sich windet und jede Straße
sich verzweigt, bemisst sich jede Entscheidung,
ob spontan oder wohl überlegt, nach einem Maße,
welches am Ende dem Glücklichsein geschuldet ist.
Doch ist es vor allem eine Frage der Verantwortung,
sich selbst und seinem Nächsten gerecht zu werden,
denn nur was in trauter Zweisamkeit erduldet,
ist am Ende als Orientierung ein sicheres Zeichen,
denn der mühevolle Weg zum Glück ist auf Erden
ein Weg der gemeinsam gestellten Weichen.

Indianisches Sprichwort

Wirklich weise ist,
wer mehr Träume in seiner Seele hat,
als die Realität zerstören kann.

Am Ende

Ich wünsche mir, dass ich mit meinen Sinnsprüchen und Gedankentexten Sie, liebe Leserinnen und Leser, an der einen oder anderen Stelle zum Nachdenken gebracht habe. Nicht, weil ich etwas Wahres geschrieben hätte, sondern weil ich glaube, dass wir als Seinswaise zwischen dem Ich und der Welt eine Brücke bauen sollten – und das auf ganz eigene Weise.

Nachsatz

Etwas ist, was es scheint, und deshalb wirklich.